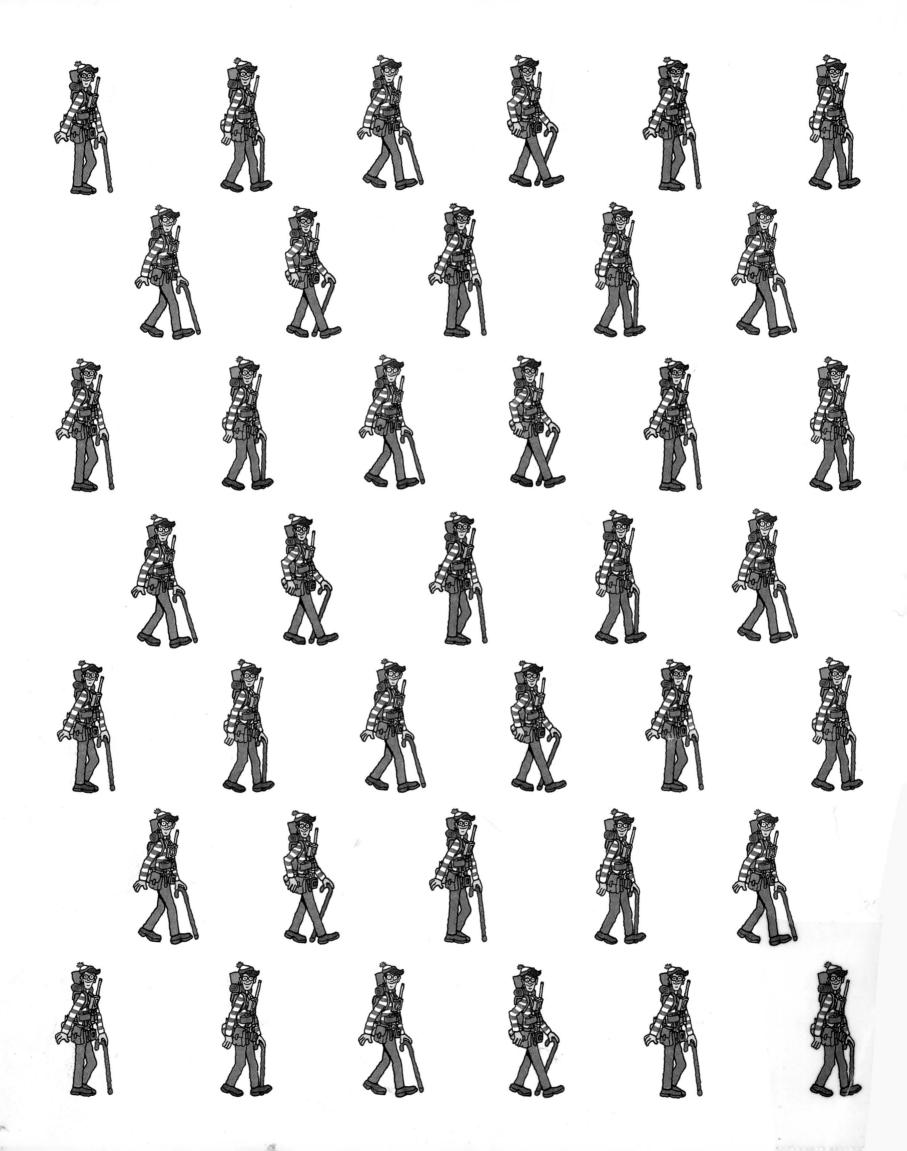

Para Wally

Copyright © 1987 by Martin Handford

First U.S. edition in this form 1993

First published in Great Britain in 1987
by Walker Books Ltd., London

Based on translation by Enrique Sánchez Abulí,
© Traducción: Ediciones B, S.A. (1989)

Library of Congress Cataloging-in-Publication Data

Handford, Martin
[Where's Waldo? Spanish]

Dónde está Waldo? / Martin Handford

Summary: As Waldo hikes around the world
the reader must try to find him in the illustrations
of some of the crowded places he visits.

[1. Voyages and travels — Fiction. 2. Humorous stories.
3. Picture puzzles. 4. Spanish language materials.]

I. Title. PZ73.H28718   1993   [Fic] — dc20   92-54399

ISBN 1-56402-228-5

10 9 8 7 6 5 4 3 2 1

Printed in Singapore

The pictures in this book were
done in inks and pen line.

Candlewick Press
2067 Massachusetts Avenue
Cambridge, Massachusetts 02140

¿DÓNDE ESTÁ WALDO?

MARTIN HANDFORD

CANDLEWICK PRESS
CAMBRIDGE, MASSACHUSETTS

EL JUEGO DE ¿DÓNDE ESTÁ WALDO?

¡Montones de cosas que buscar para los rastreadores de Waldo!

ESTACION

- Un chico cayendo de un tren
- Un coche averiado en la vía
- Niños traviesos sobre el techo de un tren
- Gente golpeada por una puerta
- Un hombre a punto de pisar una pelota
- Tres horas distintas a la misma hora
- Un hombre en una carretilla
- El dibujo de una cara en el tren
- Cinco personas leyendo un periódico
- Un mozo de estación muy cargado
- Uno que levanta una maleta con un dedo
- Uno al que se le cae lo que lleva en las maletas
- Una locomotora echando mucho humo
- Uno a punto de caerse de un banco
- Un perro mordiendo el pantalón de un hombre
- Unos vagabundos
- Una mano pillada por una puerta
- Una estampida de ganado
- Un hombre rompiendo una balanza

EN LA CIUDAD

- Un perro en un tejado
- Un hombre en una fuente
- Un accidente de coche
- Un barbero muy ingenioso
- Gente en la calle mirando la televisión
- Un pinchazo provocado por la flecha de un romano
- Una melodía que hace llorar
- Una planta que ataca a un niño
- Un camarero despistado
- Un guardia atrapando a un ladrón
- Una cara en la pared.
- Un hombre saliendo de una alcantarilla
- Una persona a punto de tropezar con la correa de un perro
- Un hombre dando de comer a las palomas
- Un choque entre bicicletas.

PISTAS DE ESQUI

- Un hombre leyendo en un tejado
- Un esquiador volando
- Un esquiador que no puede frenar
- Un esquiador con pasamontañas
- Un dibujo en la nieve
- Un pescador ilegal
- Un niño tirando una bola de nieve a otro niño
- Dos esquiadores inconscientes
- Dos esquiadores chocando contra árboles
- Uno tocando el cuerno alpino
- Un muñeco de nieve esquiando
- Un coleccionista de banderas
- Dos esquiadores pordioseros
- Un esquiador en un árbol
- Un esquiador náutico en la nieve
- Un Yeti
- Dos renos esquiando
- Uno que salta sobre el tejado
- Un grupo de patinadores

EN LA PLAYA

- Un perro mordiendo el trasero de un niño
- Una persona muy abrigada
- Un hombre musculoso con una medalla
- Una chica con mucho éxito
- Uno que hace esquí acuático
- Una chica haciendo una foto a su amigo
- Un flotador pinchado
- Un burro al que le gusta el helado
- Un hombre aplastado por una gorda
- Un balón de playa pinchado
- Una pirámide humana
- Un escalón humano
- Una extraña pareja
- Un vaquero
- Un burro humano
- Vejez y belleza
- Un niño que sigue a su padre
- Dos hombres en camiseta y otro sin ella
- Un niño ha asustado a otro con una araña
- Una exhibición de castillos de arena
- Una pandilla de ladrones de sombreros
- Un árabe haciendo pirámides
- Tres niños sacando la lengua
- Dos sombreros extraños
- Dos extraños amigos
- Cinco corredores
- Una toalla con un agujero
- Un cacto
- Un chico que no puede comprarse un helado

CAMPING

- Un toro en un seto
- Unas bocinas
- Un tiburón en el canal
- Un niño provocando a un toro
- Uno al que le echan té encima
- Un puente bajo
- Gente derribada por un mazo
- Un hombre medio desnudo
- Una bicicleta a punto de pincharse
- Camellos haciendo camping
- Un espantapájaros que no asusta
- Una tienda caída
- Una tienda india
- Unos forzudos
- Uno metiendo el dedo en el ojo a otro
- Una barbacoa humeante
- Un pescador pescando botas
- Una bicicleta con una rueda muy grande
- Unos boy scouts haciendo fuego
- Un Papá Noel cansado
- Un hombre hinchando un bote
- Un mayordomo
- Unos corredores
- Un toro persiguiendo a unos niños
- Un topo
- Excursionistas sedientos

ESTADIO

- Tres pares de pies saliendo de la arena
- Un vaquero dando la salida de una carrera
- Diez niños con quince piernas
- Un lanzador de discos musicales
- Un malabarista de pesas
- Un sordo con una trompetilla
- Un caballo que hace de potro
- Un motorista
- Un paracaidista
- Un escocés con un tronco
- Un elefante tirando de una cuerda
- Dos niños bajo una red
- Un jardinero
- Tres hombres ranas
- Un corredor desnudo
- Una cama
- Un niño vendado
- Un corredor con cuatro piernas
- Un saltador hundido
- Un hombre con unas extrañas piernas
- Un hombre persigue a un perro que persigue a un gato
- Un niño mojando a alguien

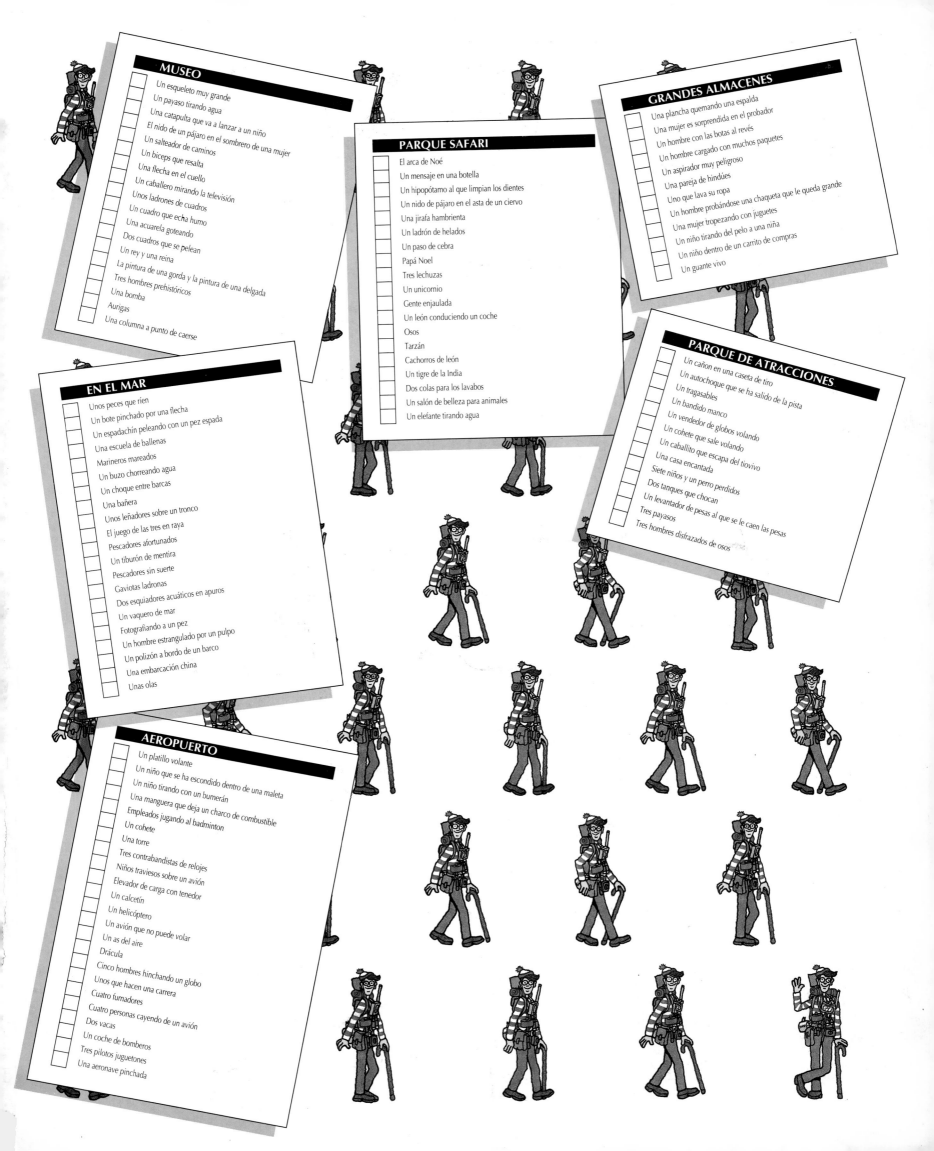

MUSEO

- [ ] Un esqueleto muy grande
- [ ] Un payaso tirando agua
- [ ] Una catapulta que va a lanzar a un niño
- [ ] El nido de un pájaro en el sombrero de una mujer
- [ ] Un salteador de caminos
- [ ] Un biceps que resalta
- [ ] Una flecha en el cuello
- [ ] Un caballero mirando la televisión
- [ ] Unos ladrones de cuadros
- [ ] Un cuadro que echa humo
- [ ] Una acuarela goteando
- [ ] Dos cuadros que se pelean
- [ ] Un rey y una reina
- [ ] La pintura de una gorda y la pintura de una delgada
- [ ] Tres hombres prehistóricos
- [ ] Una bomba
- [ ] Aurigas
- [ ] Una columna a punto de caerse

PARQUE SAFARI

- [ ] El arca de Noé
- [ ] Un mensaje en una botella
- [ ] Un hipopótamo al que limpian los dientes
- [ ] Un nido de pájaro en el asta de un ciervo
- [ ] Una jirafa hambrienta
- [ ] Un ladrón de helados
- [ ] Un paso de cebra
- [ ] Papá Noel
- [ ] Tres lechuzas
- [ ] Un unicornio
- [ ] Gente enjaulada
- [ ] Un león conduciendo un coche
- [ ] Osos
- [ ] Tarzán
- [ ] Cachorros de león
- [ ] Un tigre de la India
- [ ] Dos colas para los lavabos
- [ ] Un salón de belleza para animales
- [ ] Un elefante tirando agua

GRANDES ALMACENES

- [ ] Una plancha quemando una espalda
- [ ] Una mujer es sorprendida en el probador
- [ ] Un hombre con las botas al revés
- [ ] Un hombre cargado con muchos paquetes
- [ ] Un aspirador muy peligroso
- [ ] Una pareja de hindúes
- [ ] Uno que lava su ropa
- [ ] Un hombre probándose una chaqueta que le queda grande
- [ ] Una mujer tropezando con juguetes
- [ ] Un niño tirando del pelo a una niña
- [ ] Un niño dentro de un carrito de compras
- [ ] Un guante vivo

EN EL MAR

- [ ] Unos peces que ríen
- [ ] Un bote pinchado por una flecha
- [ ] Un espadachín peleando con un pez espada
- [ ] Una escuela de ballenas
- [ ] Marineros mareados
- [ ] Un buzo chorreando agua
- [ ] Un choque entre barcas
- [ ] Una bañera
- [ ] Unos leñadores sobre un tronco
- [ ] El juego de las tres en raya
- [ ] Pescadores afortunados
- [ ] Un tiburón de mentira
- [ ] Pescadores sin suerte
- [ ] Gaviotas ladronas
- [ ] Dos esquiadores acuáticos en apuros
- [ ] Un vaquero de mar
- [ ] Fotografiando a un pez
- [ ] Un hombre estrangulado por un pulpo
- [ ] Un polizón a bordo de un barco
- [ ] Una embarcación china
- [ ] Unas olas

PARQUE DE ATRACCIONES

- [ ] Un cañon en una caseta de tiro
- [ ] Un autochoque que se ha salido de la pista
- [ ] Un tragasables
- [ ] Un bandido manco
- [ ] Un vendedor de globos volando
- [ ] Un cohete que sale volando
- [ ] Un caballito que escapa del tiovivo
- [ ] Una casa encantada
- [ ] Siete niños y un perro perdidos
- [ ] Dos tanques que chocan
- [ ] Un levantador de pesas al que se le caen las pesas
- [ ] Tres payasos
- [ ] Tres hombres disfrazados de osos

AEROPUERTO

- [ ] Un platillo volante
- [ ] Un niño que se ha escondido dentro de una maleta
- [ ] Un niño tirando con un bumerán
- [ ] Una manguera que deja un charco de combustible
- [ ] Empleados jugando al badminton
- [ ] Un cohete
- [ ] Una torre
- [ ] Tres contrabandistas de relojes
- [ ] Niños traviesos sobre un avión
- [ ] Elevador de carga con tenedor
- [ ] Un calcetín
- [ ] Un helicóptero
- [ ] Un avión que no puede volar
- [ ] Un as del aire
- [ ] Drácula
- [ ] Cinco hombres hinchando un globo
- [ ] Unos que hacen una carrera
- [ ] Cuatro fumadores
- [ ] Cuatro personas cayendo de un avión
- [ ] Dos vacas
- [ ] Un coche de bomberos
- [ ] Tres pilotos juguetones
- [ ] Una aeronave pinchada